せんねん町《ちょう》の 地図《ちず》
こどもの城《しろ》
アイスクリーム
ドーナツ
スーパーまいど
クリーニング
つりぼり
まんねん
小学校《しょうがっこう》
公園《こうえん》
かっぱおんせん
自転車屋《じてんしゃや》
JN226374

ここは、せんねん町《ちょう》の、まんねん小学校。
どこにでもある小学校だと思《おも》うでしょ。
でも、ちょっとちがうんですよね。
とくに、日曜日《にちようび》は……。

体育館の日曜日

ペットショップへいくまえに

村上しいこ 作　田中六大 絵

講談社

今《いま》はまだ、土曜日《どようび》のまよなかです。
体育館《たいいくかん》のなかで、一輪車《いちりんしゃ》は、ふと目をさましました。
へんなにおいを、かんじたのです。
いやなよかんがしました。
そっと、においがするほうへ動《うご》きました。

バケツが、すやすやねむっています。
ところが、バケツが頭《あたま》のなかでかっている金魚《きんぎょ》が、
ぷかり、おなかを上にむけてういていました。
一輪車《いちりんしゃ》は、はっとしました。
ねむってるんじゃない……。

あわてて、ゆびでつんつんと、金魚《きんぎょ》をつつきました。

動《うご》きません。

「し、死《し》んで……。どうしよう。」

気持《きも》ちよさそうにねているバケツを見ると、
おこして知《し》らせるのが、かわいそうになりました。
もしかしたら、楽《たの》しいゆめを見てる、
まっさいちゅうかもしれません。

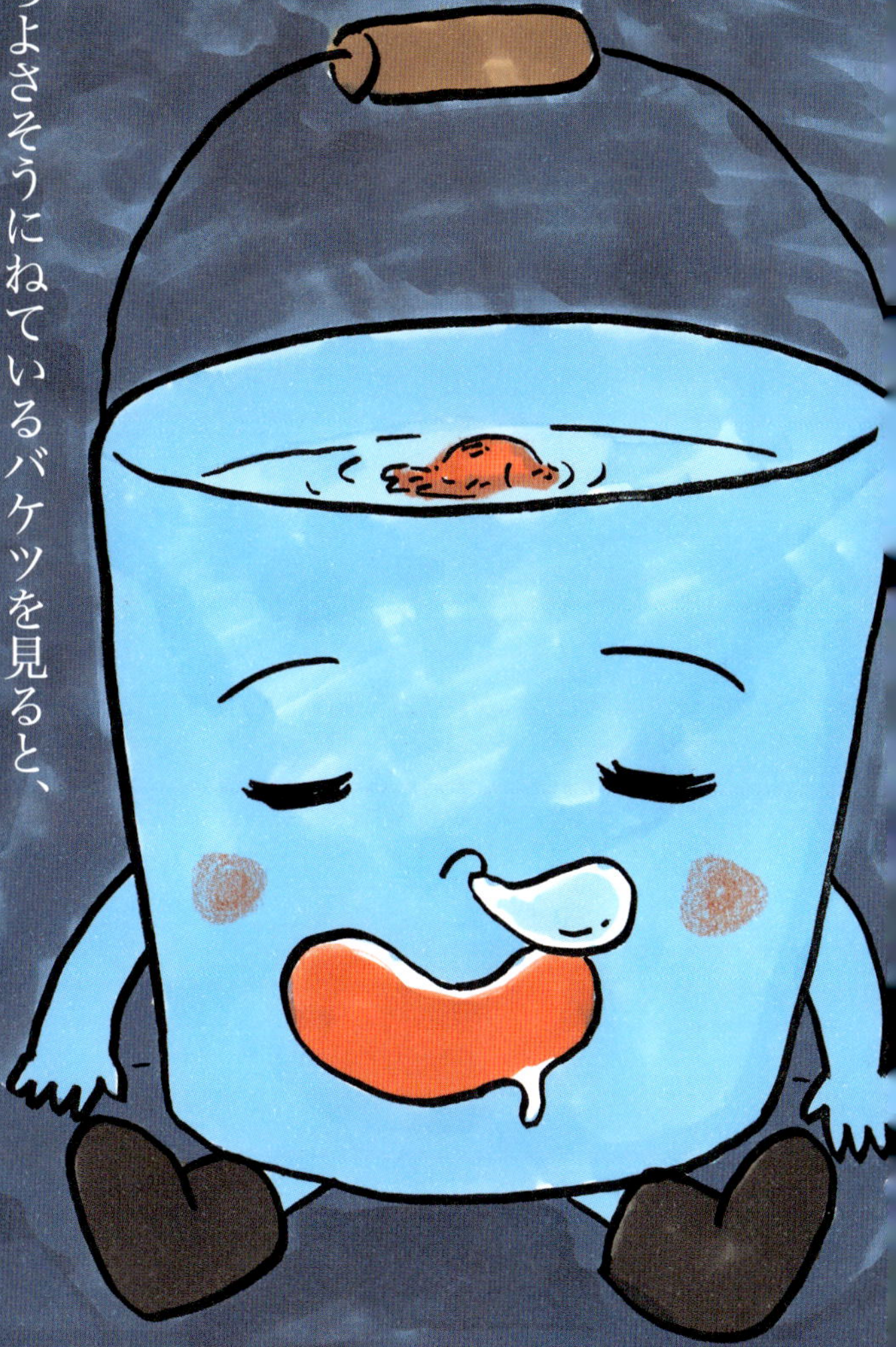

（とりあえず、かくしておこう。）
一輪車《いちりんしゃ》は、そのほうがいいと思《おも》いました。
手で金魚《きんぎょ》をすくいあげました。
そして、体育館《たいいくかん》を出て、
学校のこうしゃのほうへいきます。

わたりろうかをわたって、一輪車《いちりんしゃ》が、
学校のこうしゃへ入ろうとしたそのときです。

「どこいくの？」

とつぜん、ちりとりの声《こえ》がして、
一輪車《いちりんしゃ》はびっくり。

「おどろかさんといてや。」

一輪車《いちりんしゃ》は、こうしゃに入りながらいいます。

「だって、あやしいやん。

ひとりでそうっと、体育館《たいいくかん》をぬけだして。」

ちりとりが、あとをついてきました。

一輪車《いちりんしゃ》は、立ちどまると、まわりを気にしながら、

「ほら、これ。」と、手をひらきました。

「あれっ、金魚《きんぎょ》、死《し》んじゃってるやん。」

ちりとりは、あっさりといいます。

「どうしたらいいか、まよって。

とりあえず家庭科室《かていかしつ》のれいぞうこに、
入れてもらっとこうと思《おも》って。」

「えっ、れいぞうこ？」

「だって、魚《さかな》って、
れいぞうこにしまうやろ。」

「さ、か、な、か……。」

ちりとりは、金魚《きんぎょ》をじっと見ます。

「たしかに、虫ではないけど。魚《さかな》やけど。」

とにかくふたりは、家庭科室《かていかしつ》にいくと、
れいぞうこにわけを話《はな》して、金魚《きんぎょ》をしまいました。

「けど、バケツには、いつ、どうやってつたえるつもり？」

ちりとりに、たずねられると、
一輪車《いちりんしゃ》は、うーんと、うで組《ぐ》みをしました。

「ショックを、すこしでも、小さくするためには……。

せや、みんなで花だんを作《つく》って、そこに、あの金魚《きんぎょ》のおはかを、
作《つく》ってあげるっていうのはどうかな。」

「なるほど、わたしもさんせい。」

「ありがとう。」

「さすが一輪車《いちりんしゃ》やな。

思《おも》いやりのかたまりと、
いわれるだけのことはある。」
「そんなこと……。」
ちりとりにほめられ、
一輪車《いちりんしゃ》は、キュッ、キュッと、
タイヤを鳴《な》らしてよろこびました。
「あとは、話《はな》すタイミングやな。」
「そう。花だんを作《つく》りながら、
うまくきっかけを見て、ぼくからいう。」
「せやな。花だんのお花を見ながらなら、ショックがすくないかも。」
ふたりは、ほっとしました。

日曜日《にちようび》。
朝《あさ》から一輪車《いちりんしゃ》とちりとりが声《こえ》をかけて、
花《か》だん作《づく》りが始《はじ》まりました。

体育館《たいいくかん》のよこの、
小さな花だんです。
みんな手つだってくれます。
「なあ、ブラシ。そっち、
花集《あつ》まりすぎとちがう？」
ラケットにいわれ、

ブラシがすこしはなれて見ます。
「もうちょっと、
土を入れたほうがいいやろ。」
とびばこが、
土をはこんできました。
「こっちへちょうだい。」
なわとびもほうきも、
土で手がまっ黒《くろ》。
はねとぞうきんは、
あいている場所《ばしょ》に、
花のたねをうえています。

かんじんのバケツは、
体育館《たいいくかん》のとびらのまえに、しょんぼりすわっていました。
しかたありません。
朝《あさ》おきると、頭《あたま》のなかでかっていた金魚《きんぎょ》がいなかったのです。

「ネズミか、イタチに食《た》べられたんかな？」

ボールが、あっけらかんというと、

「もっと広《ひろ》い場所《ばしょ》でおよぎたくて、にげたのかも。」

と、ぞうきんも、あまり大げさには、考《かんが》えていませんでした。

バケツはもちろん、そんな言葉《ことば》には、なっとくしません。

「どこ、いったんやろ。どこ、いったんやろ。」と、がっくり。

一輪車《いちりんしゃ》とちりとりは、自分《じぶん》たちのしたことが、
ほんとうによかったか、ふあんになりました。

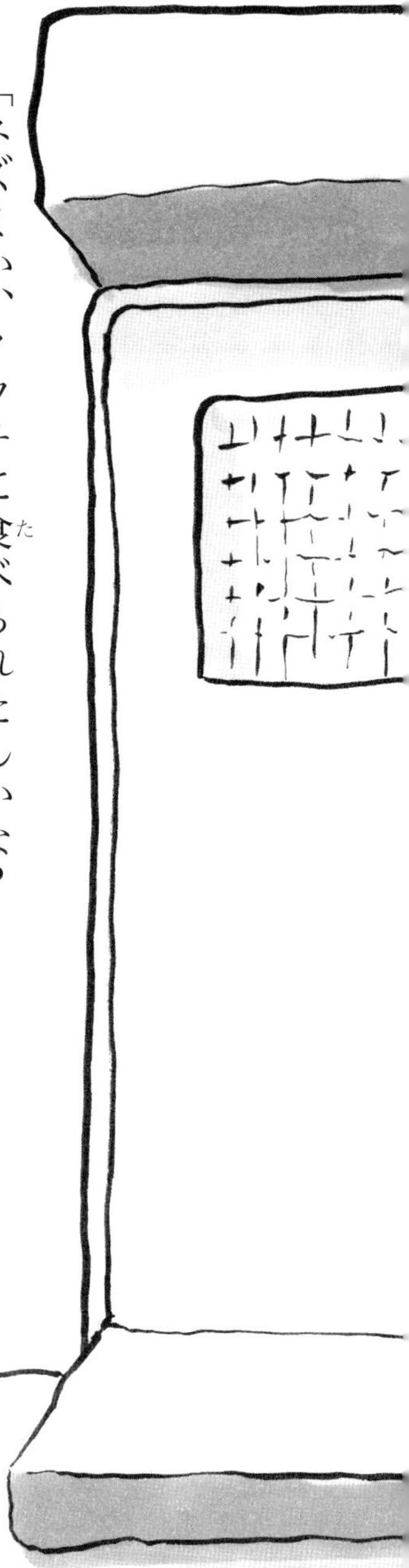

一輪車《いちりんしゃ》が、そっとちりとりにいいました。

「花だんもできたし、そろそろ、バケツにいおか？」

「うん。けど、うまくいくかな？」

「がんばってみる。」

と、そのときでした。

「おーい、バケツ。はやく、水くんできてや。

なに、ぼーっとしてんねん。」

ラケットが、大声《おおごえ》でよびました。

ところがバケツは、じっとうつむいたまま。

「あれれっ？　おーい、バケツ！」

もういちどよびます。

「まずいな。」
一輪車《いちりんしゃ》は、
あわててバケツに、
声《こえ》をかけようとしました。
しかしそのまえに、

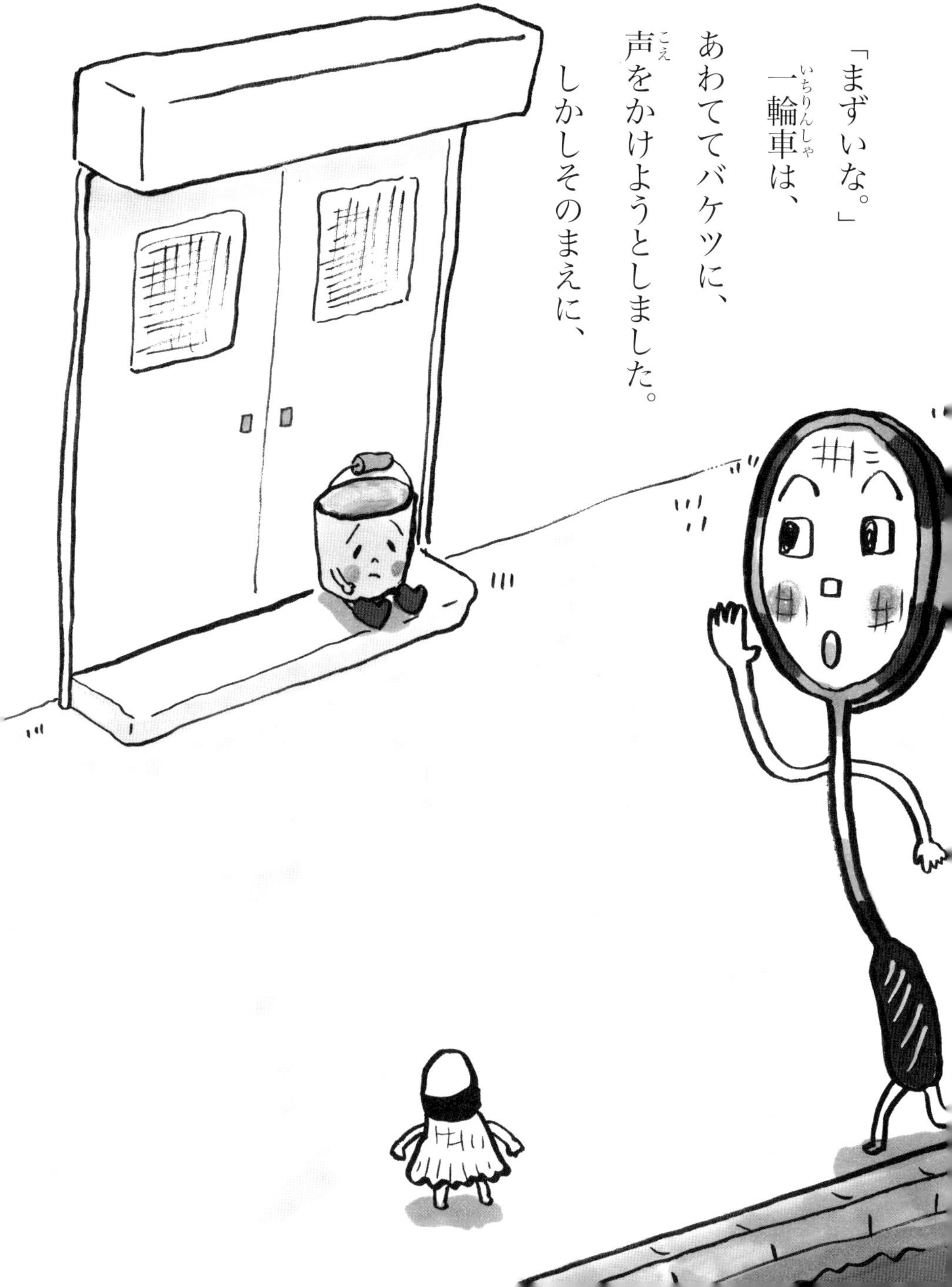

「いいかげんにしいや！」

はねが、どなりました。

「おい、バケツ。いつまでうじうじしてんねん。」
こんどは、ラケットです。

あわてて、ブラシがとめます。

「ちょっと、ラケット。
そんないいかた、ないのとちがう。」

「そないいかたって、なんや。」
「だから、うじうじとか……。」
「うじうじは、うじうじやろ。」
「それが、アカンって、
いうてんの。」
「そんなことない。このまえ、
体育館《たいいくかん》であった全校集会《ぜんこうしゅうかい》でも、
先生がいうてたやろ。」
「えっ、なんて？」
「思《おも》ってることは、
口に出していいましょうって。

そうしないと、
あいてにつたわりませんよって。」
ラケットが、
じしんまんまんでいいました。
「それとこれとは、ちがうやろ。」
「なにがどうちがうんや。」
ラケットもブラシもゆずりません。
このままでは、けんかです。
すると、ボールが、
ポンポンはねながら、
ふたりのそばにきました。

「ほんまにそうかな、
ラケット。
だれもがいいたいように、
いうてたら、
けんかになってしまうのと
ちがうかな。
そのために、いろんな言葉《ことば》や、
いいかたがあるのと、
ちがうかな。」
「じゃあ、なんていえば、
いいねん。」

「それは、
自分《じぶん》で考《かんが》える
ことじゃないかな。
それも、
勉強《べんきょう》じゃないかな。」
「なんや、それ。おれ、
勉強《べんきょう》、きらいやし。」
ラケットは、
ボールにせなかをむけました。
ちりとりが、あわてて
一輪車《いちりんしゃ》のそばへいきます。

「なんか、へんなかんじに、
なってきたよ。」

「ほんまやな。」

「金魚《きんぎょ》のこと、ますます、
いえなくなってきたな。」

「ほんまやな。」

一輪車《いちりんしゃ》はもう、

「ほんまやな。」しか言葉《ことば》が出てきません。

ふたりとも、なきたくなりました。

けれど、なきだしたのは、バケツです。

「う、ううわあー、金魚《きんぎょ》ちゃーん。」

「あーあ、なかしてしもた。
ラケットのせいやで。」
ブラシが、ラケットをにらみます。
「なんでやねん。」
ラケットは、あきれて空を見あげます。
「そうそう。だれがわるいとかやないで。
バケツを元気《げんき》づけたい気持《きも》ちは、
みんなおなじや。
せやろ、ラケット。」
とびばこが、ほほえんでいいます。
「うん。」

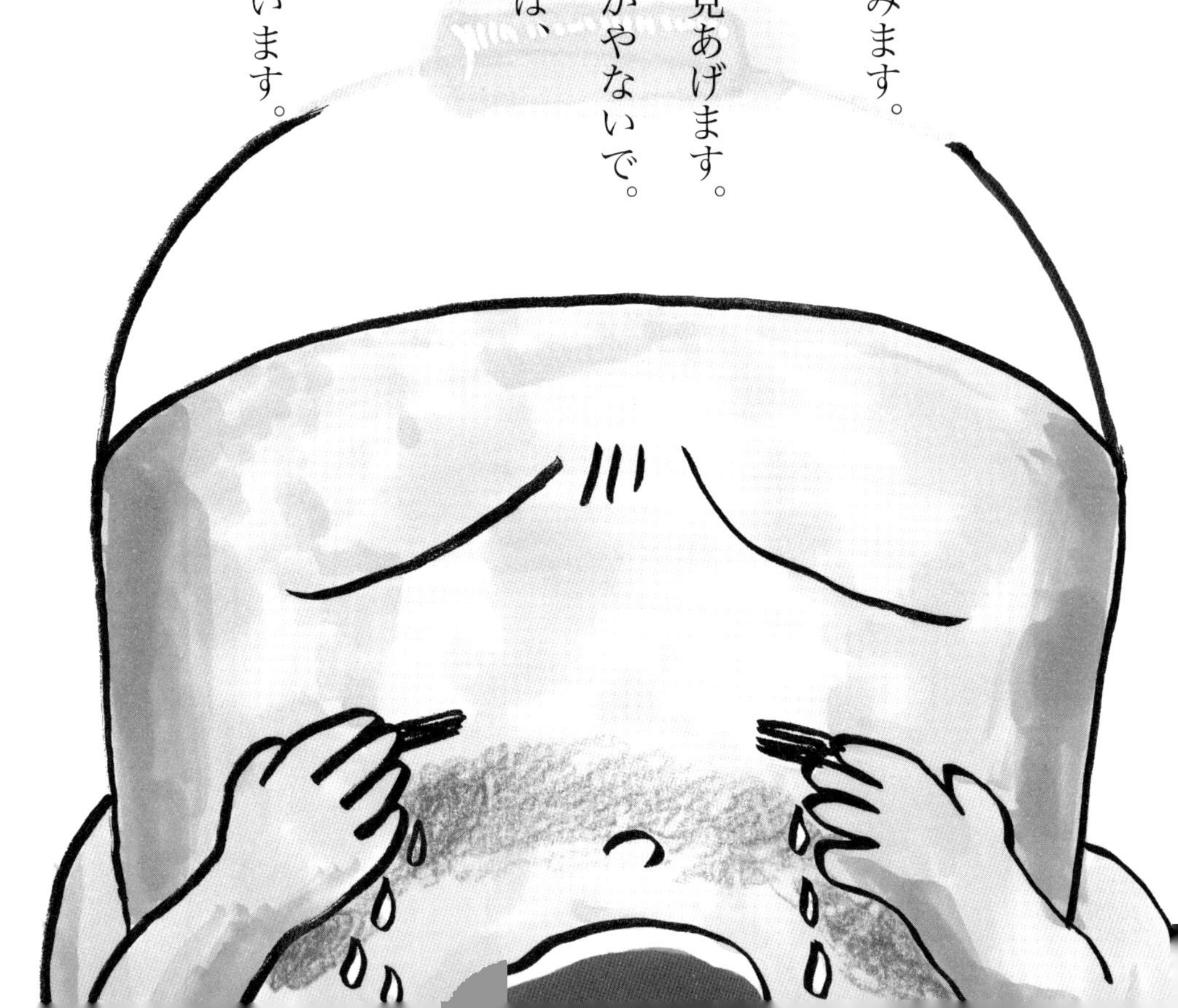

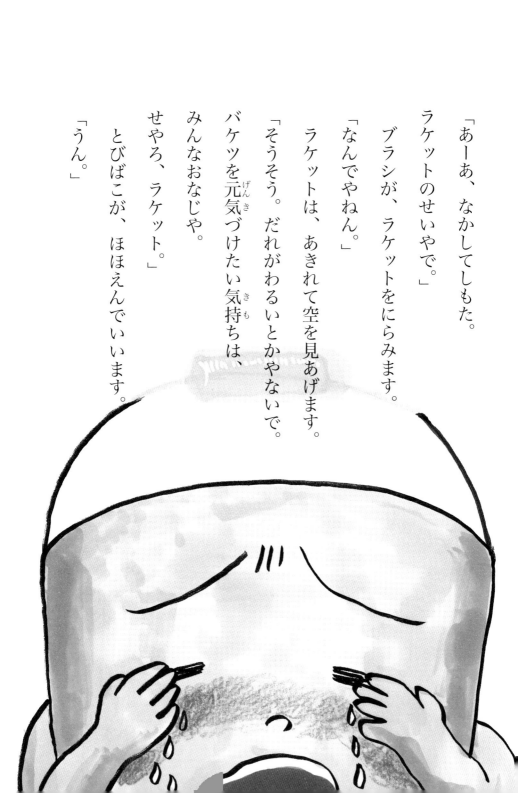

「いっぺん、ペットショップへいってみたらどうやろ。」

だまって見ていたほうきが、口をひらきました。

「ええ、なんで？」

ぞうきんが、ほうきにききます。

「ほら、ペットショップによく、
まいごねこや、まいご犬のポスターが、はってあるやろ。

バケツがかってた金魚《きんぎょ》も、ポスターにして、
はってもらったらいいやろ。」

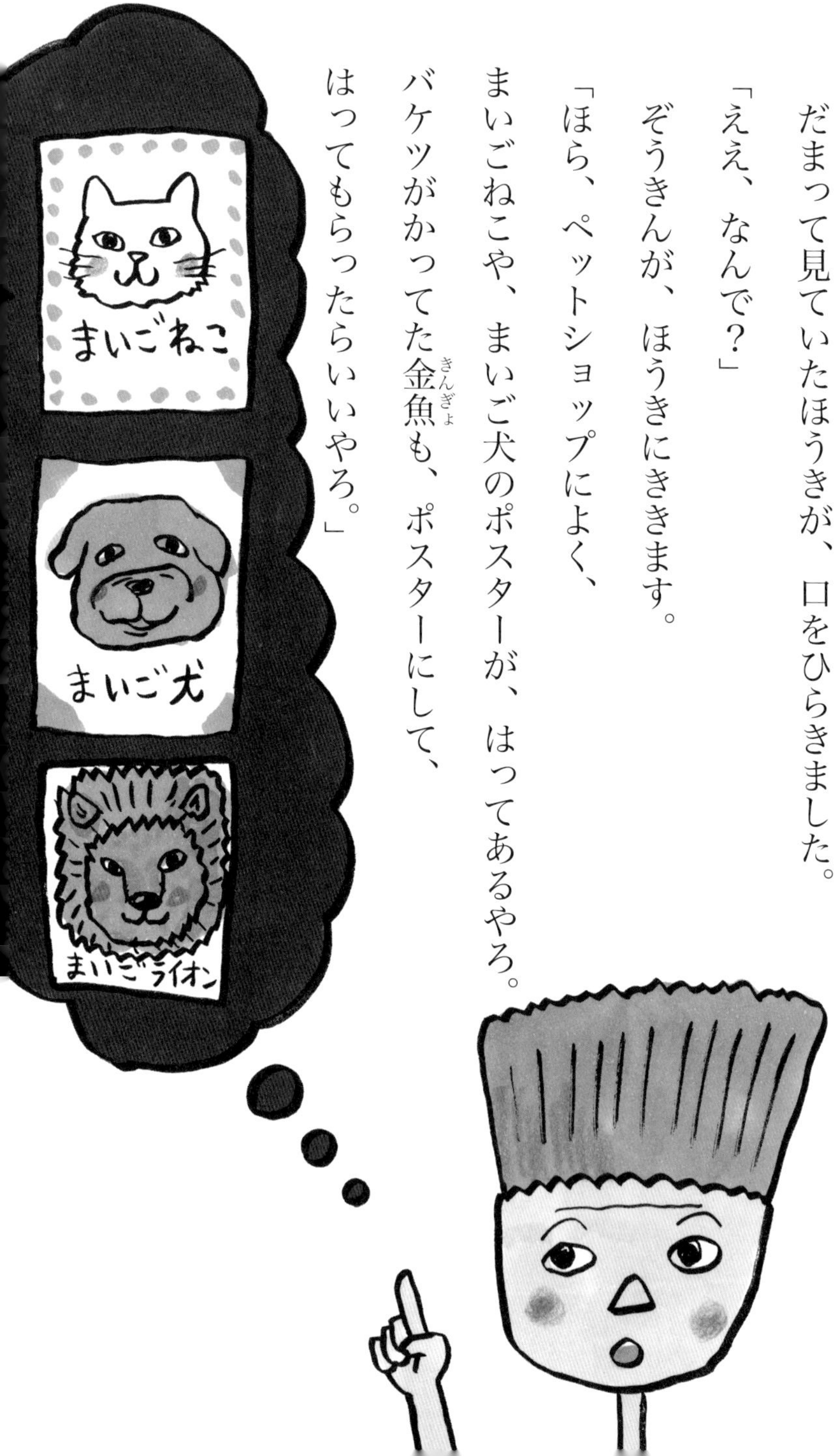

「なるほど。それはいい考《かんが》えかも。
けどほんまに、空をとんでにげたのかなぁ？」
ぞうきんは、なんだかへんな気がします。
「はねはどう思《おも》う？」
「ひれとしっぽがあるんやから、
あとはこんじょうで、とぶこともあるやろ。」

「とにかく、ポスターを作《つく》ろ。」
なわとびが、せんとうをきって、図工室《ずこうしつ》にむかいました。
体育館《たいいくかん》のみんなは、手をあらって、あとをついていきます。
バケツも、もうなきやみました。
一輪車《いちりんしゃ》とちりとりは、花だんのまえに、
とりのこされてしまいました。

ポスターができあがって、
体育館《たいいくかん》のみんなは、ペットショップをめざしました。

ところが、学校を出ると、すぐまえの「ほっこら公園《こうえん》」から、
にぎやかな音楽《おんがく》がきこえてきました。

「なんか、おまつりみたい。」

はねが、ピョンピョンはずみます。

「ちょっといってみよ。」

なわとびも、ビュンビュン体《からだ》をふります。

「えええー、でも。ペットショップは？」

ほうきが、いやそうな顔《かお》をしました。

「いいやん。ペットショップへいくまえに、
ちょっとよっていこ。」

ラケットは、いきたそうです。

そうして体育館《たいいくかん》のみんなは、
おまつりをしている公園《こうえん》に、入っていきました。

ほっこら公園《こうえん》では、春《はる》をよぶおまつりが、
始《はじ》まっていました。
ぶたいの上では、子どもたちが、
キレッキレのダンスをひろうしています。
しばふでは、たこやき屋《や》さんや、
ハンバーガーショップなどのお店《みせ》が、
ならんでいました。

春よこい!フェスティバル
おいしい
ケーキ
ししょく
ししょく
たこやき
たこやき
やき
たこやき
300えん

「まとあて、やってみたい。」
「きょうそうしよ。」
ほうきとラケットは、そういうとすぐに、
遊《あそ》びのエリアへ、走《はし》っていきました。
なわとびやブラシは、
ドライフルーツやシフォンケーキのししょくを、ほおばっています。
ボールやはねやとびばこも、どこかへ遊《あそ》びにいきました。

「みんなすっかり、金魚《きんぎょ》のこと、わすれてるな。」

一輪車《いちりんしゃ》は、すこしこまった顔《かお》で、ちりとりを見ました。

「そうみたい。」

ちりとりも、どうしたものかと、うで組《ぐ》みをしました。

そのとき、「おーい、一輪車《いちりんしゃ》。」と、声《こえ》がしました。

見ると、はねが、こっちにむかって、走《はし》ってきました。

「あっちで、金魚《きんぎょ》すくいしてるよ。バケツ、つれてったらどうやろ。」

はねはちゃんと、金魚《きんぎょ》のことを、おぼえていたみたい。

「一回《かい》は、ただで、金魚《きんぎょ》すくいできるみたい。」

はねは、「ただ」のところに、力をこめました。

「わかった。さそってみる。」

一輪車《いちりんしゃ》は、ちりとりといっしょに、バケツをさがしました。

いました。

バケツはぞうきんと、しばふにいました。

ねころがって、ぼんやり空を見ているみたい。

そばにいっても、一輪車《いちりんしゃ》は、声《こえ》をかけられませんでした。
バケツの目のはしに、
なみだのあとがあったからです。
バケツが、一輪車《いちりんしゃ》とちりとりに、気がつきました。
「あっ、もうペットショップへいくの？」
「いや、まだいかんけど。
あっちで、金魚《きんぎょ》すくいしてんねん。
やっていかへん？　むりょうやって。」
一輪車《いちりんしゃ》が、むこうをゆびさします。
バケツが、なにかいうかなと思《おも》ったけど、
バケツはちらっと、そっちを見ただけです。

「こんなときは、
しずかに空を
見ていたいんやて。」
バケツのかわりに、
ぞうきんが
いいました。
「なかまに入れて
もらっていいかな？」
一輪車《いちりんしゃ》がききました。
「どうぞ。」
バケツがこたえます。

一輪車《いちりんしゃ》とちりとりは、
バケツとぞうきんのとなりに
ねころびました。
ぷかりぷかり
うかんだ雲《くも》が、
かたちをかえながら、
空をながれていきます。
「あの雲《くも》、
金魚《きんぎょ》みたい。」
バケツがいいました。
とおい雲《くも》を、

ゆびさしています。
一輪車《いちりんしゃ》も、
目でおいかけて
みました。
金魚《きんぎょ》はゆったりと
空をおよぎます。
でもそのうち、
ほそながくなって、
さいごには、
魚《さかな》のかたちが
こわれてしまいました。

とたんに一輪車《いちりんしゃ》は、かなしい気持《きも》ちになりました。

そして、すっと言葉《ことば》が、こぼれおちました。

「ごめん、バケツ。あのな、バケツにかくしてたことがあるんや。」

「えっ、なに？」

バケツがおどろいて、一輪車《いちりんしゃ》を見ました。

「バケツのなかでおよいでた金魚《きんぎょ》な、じつは、死《し》んでしまったんや。」

「えっ……。」

「よなかに、ふと目がさめたとき、見つけてしまった。

それで、そっとかくしたんや。」

「なんで、そんなことしたん？」

きいたのは、ぞうきんです。

「なんで……。なんで……。」

一輪車《いちりんしゃ》は、言葉《ことば》につまりました。

どうしてそうしたのか、うまくせつめいできません。

「一輪車《いちりんしゃ》は、べつに、わるぎがあったわけじゃないんやよ。」

ちりとりが、そっと一輪車《いちりんしゃ》をかばいました。

「どういうこと？」

ぞうきんがたずねます。

「だから、どうしてそうしたのかって、
ちゃんと、せつめいできんことかってあるやん。
ただそのときには、そうするのがいちばんいいって、
そう思《おも》ってしまったんや。
花だんを作《つく》って、バケツの気持《きも》ちが、
ちょっとでもやわらいだら、金魚《きんぎょ》のことをうちあけて、
みんなで、おはかを作《つく》ろうって、思《おも》ってた。」
ちりとりは、いっしょうけんめいに、こたえました。
一輪車《いちりんしゃ》を、わるものにしたくなかったからです。

バケツは、そんなふたりに、えがおをむけました。

「ありがとう。ちりとりって、やさしいんやな。一輪車《いちりんしゃ》も、ぼくのためになやんだんやな。もうだいじょうぶやから。」

バケツが、すっくと立ちあがりました。

「ぼくのこと、おこってない？」

一輪車《いちりんしゃ》が、おどろいて、ききかえします。

「なんで、おこらなアカンの。」

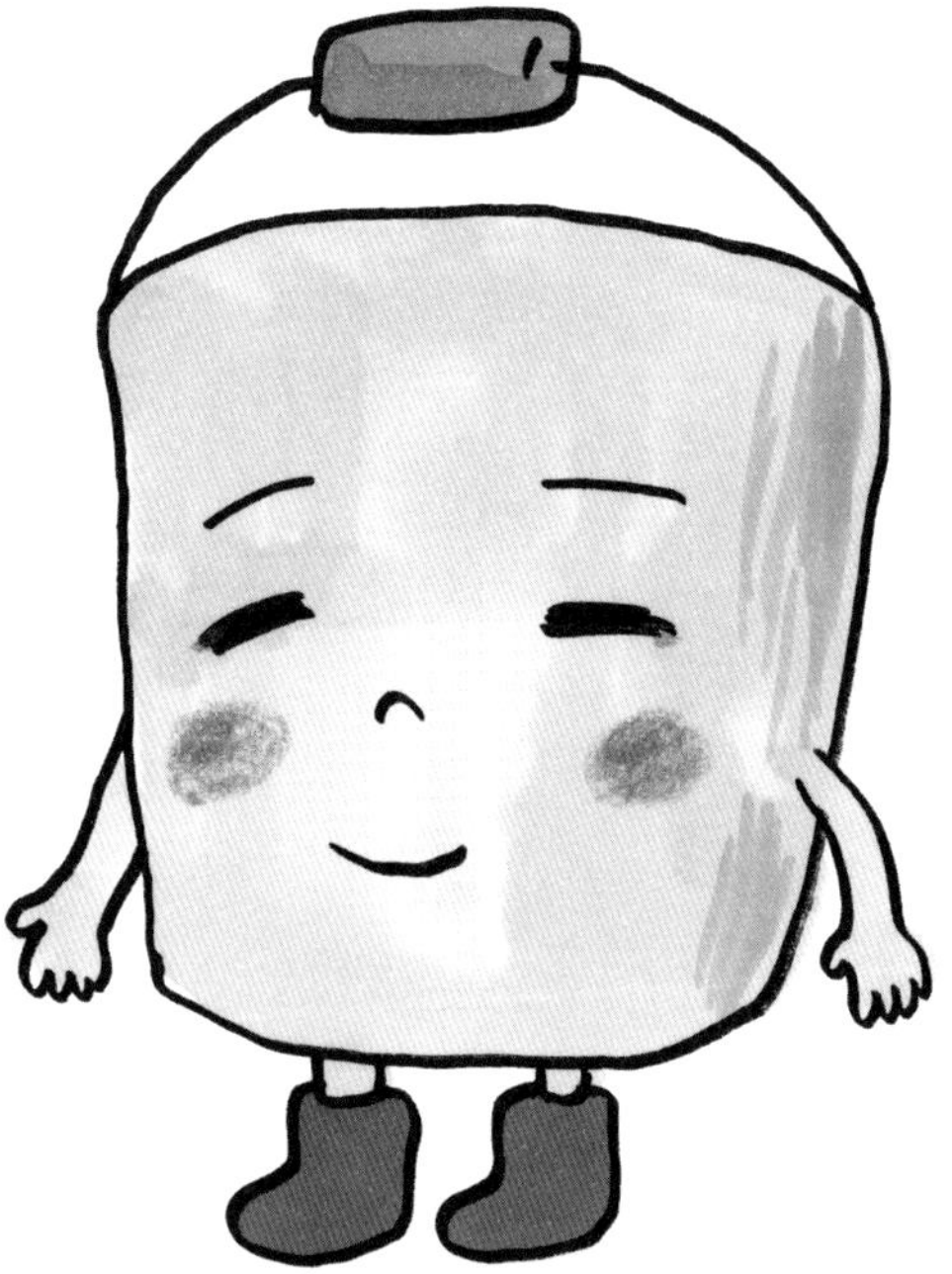

と、そのときでした。

「おやつ、まんねん小学校の、体育館《たいいくかん》の子たちやおまへんか？」

おばちゃんの声《こえ》が、ふってきました。

一輪車《いちりんしゃ》が体《からだ》をおこすと、
そこに、「かっぱおんせん」のおばちゃんがいました。
小さな子どもの、手をひいています。

「おばあちゃん、もう一回《かい》、金魚《きんぎょ》すくいしたいし。」

子どもがねだります。

さっき、はねがよびにきたのを、一輪車《いちりんしゃ》は思《おも》いだしました。

「なあ、おばあちゃん、あっち。」

「アカン。あんなの、インチキやで。

だぁれも、一ぴきもすくってなかったやろ。」

「えっ、そうなん？」

ぞうきんが、体《からだ》をひねります。

「それって、なんか、おかしくない？」

ちりとりの顔《かお》が、けわしくなりました。

「ちょっと、見にいってみようか。」

バケツもいいました。

声《こえ》に力がこもっています。

「うん、いこいこ。」

元気《げんき》になったバケツを見て、
一輪車《いちりんしゃ》も、うれしくて立ちあがりました。

四人そろって、遊《あそ》びのエリアに入りました。
まとあてや、ふうせんつり。
そのとなりに、金魚《きんぎょ》すくいがありました。
体育館《たいいくかん》の、ほかのみんなもいました。
ラケットが、まっさきに、声《こえ》をかけてきました。
「バケツ、ごめん、アカンかった。」
「えっ、なにが？」
バケツは、きょとんとしています。
するととびばこが、となりでいいます。
「そこでやってる金魚《きんぎょ》すくい、
一回《かい》は、ただなんや。」

「ただ？」

「そう、お金いらんねん。

それで、さっきからみんな
ちょうせんしてるんやけど、
一ぴきもすくえんのや。

すくったら、バケツにあげたかったけど。」

「ありがとう。その気持《きも》ちだけでも、うれしい。」

バケツは、金魚《きんぎょ》すくいをしているほうへ、顔《かお》をむけました。

ひげもじゃの、おじさんが、いすにすわっています。

「ああ、ざんねん。

二回目《かいめ》からは、二百円だから、

おとうさんかおかあさんから、

お金をもらってきてや。」

「せや、せっかくきたんやから、
バケツも、金魚《きんぎょ》すくいしていったら。」

ブラシがすすめました。

「うん。」

すっかり元気《げんき》になったバケツは、まえにすすみました。

「じゃあ、ぼくも。」

一輪車《いちりんしゃ》が、となりにならびます。

のぞきこむと、たくさんの金魚《きんぎょ》がおよいでいました。

一輪車《いちりんしゃ》は、これならすくえるかもと、思《おも》いました。

「さあ、どうぞ。」
おじさんが、
金魚《きんぎょ》すくいの道具《どうぐ》を、
一輪車《いちりんしゃ》にくれました。
赤い金魚《きんぎょ》をねらいます。

すっと、金魚《きんぎょ》すくいの道具《どうぐ》を、水に入れました。

ゆっくりと、金魚《きんぎょ》の下にもっていって、ねらいます。

しずかに、しずかに。

そして、すっとひきあげようとしたとたん、
金魚《きんぎょ》すくいにはってある紙《かみ》が、びろんとやぶけてしまいました。

もちろん金魚《きんぎょ》は、水のなかへ、もぐります。

「はやっ！」

ちりとりが、わらいます。

「いや、でも……。」

一輪車《いちりんしゃ》は、のどまで出かかっていた言葉《ことば》を、のみこみました。

(水の力でやぶれてるやん。

こんなんで、すくえるはずないやろ!)

おじさんは、にやにや、
ひげをなでながらわらっています。
「ああ、ざんねんだったね。
もうちょっとだった。おしかったね。」

ぜんぜんおしくないのに、
もう一回《かい》ちょうせんすれば、
かんたんにすくえそうにいいます。

「つぎはお金を持《も》ってきてね。ちょうせん、まってるよ。」

そしておじさんは、バケツを見ました。

「さあ、そっちの子は、どうかな？」

ところがバケツは、おじさんがさしだした道具《どうぐ》を、とろうとしません。

それどころか、おじさんを、にらみつけています。

「おっ、どうしたんだ。」

おじさんは、にらみつけられるとは、よそうしていなかったみたい。

「この金魚《きんぎょ》たち……。」

バケツは、水のなかをゆびさしました。

おじさんも、一輪車《いちりんしゃ》たちも、およぐ金魚《きんぎょ》を見ました。

「金魚《きんぎょ》が、どうしたんだね。」

「おじさん、金魚《きんぎょ》、いじめてるでしょ。」

「なんだと!」

おじさんが、にらみかえしてきました。

「ちょ、ちょっとバケツ、どうしたんや。」

こわいのと心配《しんぱい》なのとで、一輪車《いちりんしゃ》は、バケツの持《も》ち手《て》をひっぱりました。

とたんにバケツは、ぶるんと、頭《あたま》をふります。

「えっ、なんやバケツ。」

こんなにこうふんしたバケツを、今《いま》まで見たことがありません。

「金魚《きんぎょ》をかうなら、ちゃんとかって。」

バケツは、まだいいます。

「ちゃんとって、なんだ?」

「えさ、あげてないやろ。」

「……や、やってるよ。」

「うそやん。」

「なにが、うそだっていうんだ。」

「だってほら、ぜんぜんうんち、してないもん。

食《た》べさせてもらってないからでしょ。」

「……うっ。」

おじさんが、言葉《ことば》につまりました。

まわりのおきゃくさんが、

「へえ、そういや、そうだな。」

と、おじさんの顔《かお》と金魚《きんぎょ》を、かわるがわる見ます。

バケツがいったとおり、水は底《そこ》まですきとおって、きれいでした。

「だ、だからこいつらは、べんぴの金魚《きんぎょ》なんだ。」

「べんぴ？」

「うんちが、出ないんだよ。」

「そんな、アホな。」

ばかばかしくて、思《おも》わずとびばこの顔《かお》が、ずれました。

きっと、くるしまぎれの、いいわけです。

「金魚《きんぎょ》がかわいそうだろう。」

「ちゃんと、めんどう見てあげなきゃ。」

「どうりで、やせてると思《おも》った。」

まわりの人たちが、口ぐちにいいます。

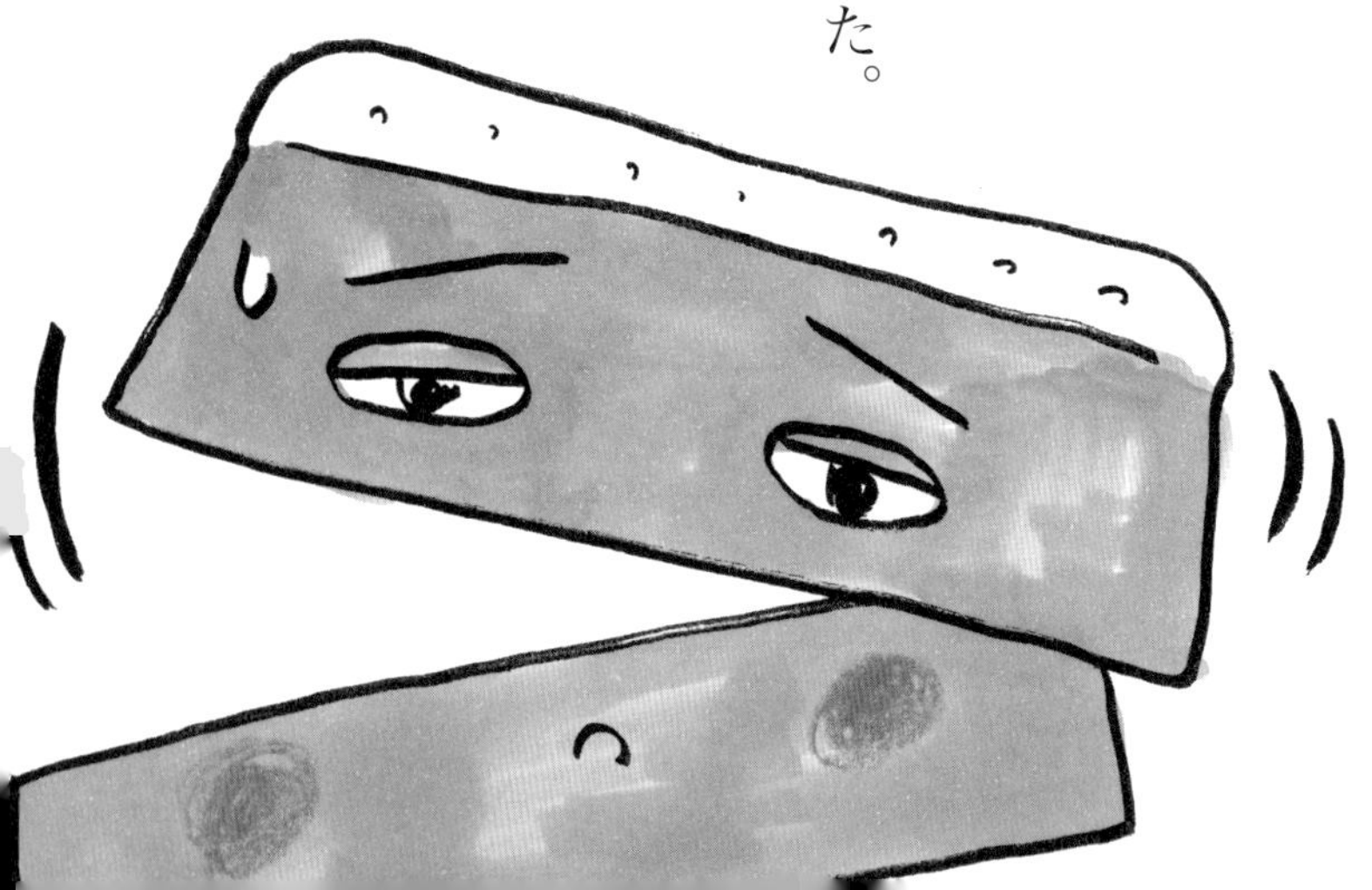

すると、
「けっ！」
と、おじさんは、はきすてました。
「そうだよ。えさなんて、ほとんどやってねえ。
それが、どうしたってんだ。
こちとら、しょうばいなんだよ。
金もうけのためにやってんだ。
それくらい、とうぜんのことだろう。」
おじさんが、ぎゃくに、いいかえします。
かんぜんに、ひらきなおりました。
すると、そのときです。

「じゃあ、これも、とうぜんのことなの？」

ボールが、はずみながら、

金魚《きんぎょ》すくいのテントのうしろから、あらわれました。

手には、はこを持《も》っています。

そのはこを見たおじさんが、

「ああっ……。」

と、声《こえ》をあげました。

あせってるみたいです。

おじさんが、
とりかえそうと、
手をのばしましたが、
ボールはポンポン
はずんでにげます。
公園《こうえん》のしばふを、
おじさんと
おいかけっこ。
おじさんの顔《かお》は、
ひっしです。
なにか、

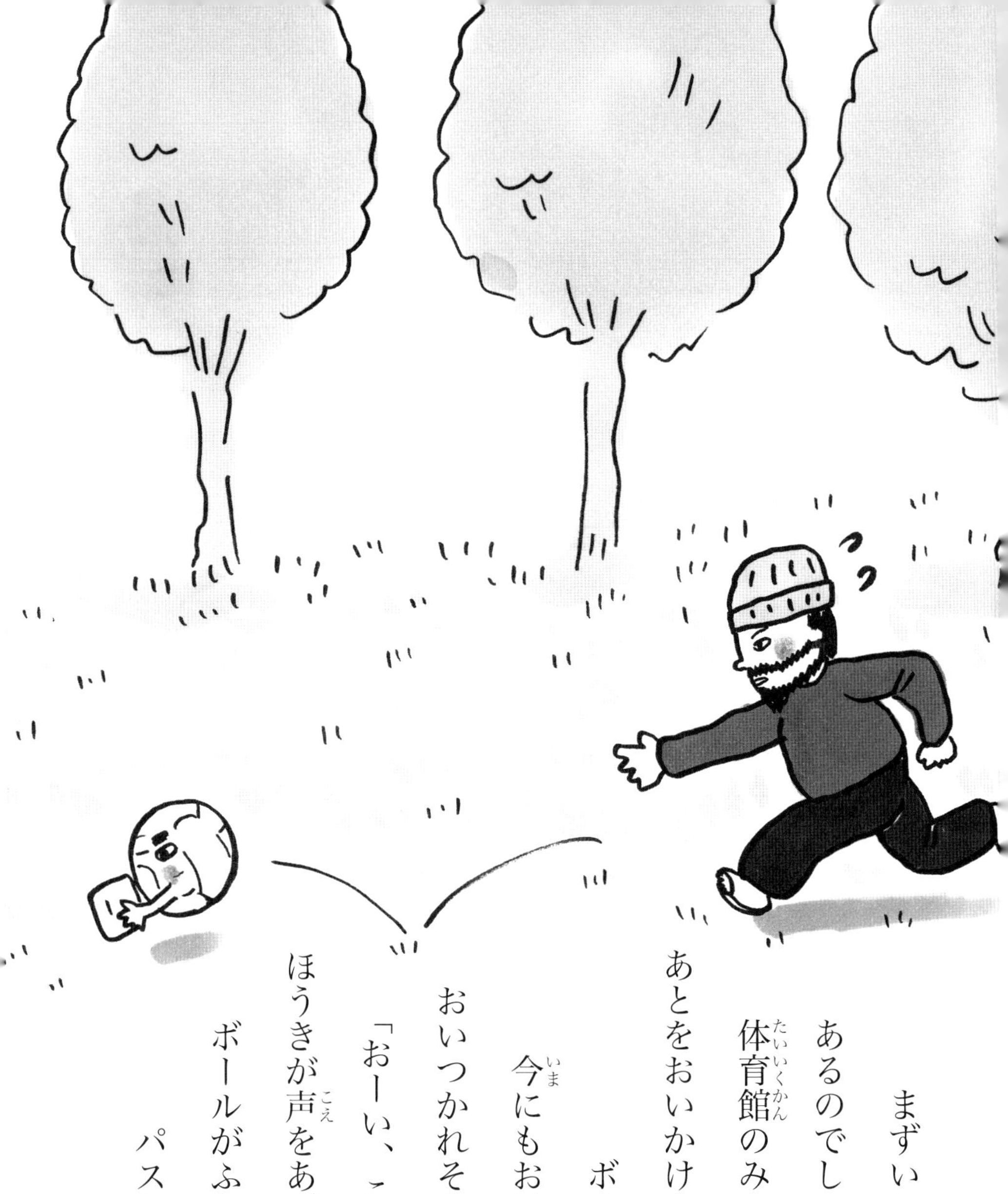

まずいことでも
あるのでしょうか。
体育館《たいいくかん》のみんなも、
あとをおいかけました。
ボールが、
今《いま》にもおじさんに
おいつかれそうです。
「おーい、こっち！」
ほうきが声《こえ》をあげると、
ボールがふりむいて
パスします。

おじさんが、
すぐに、
ほうきをおいかけ、
またおいつかれ
そうになると、
ブラシにパス。
ブラシは
ラケットに、
ラケットは
一輪車《いちりんしゃ》にパス
……のつもりが、

それをとったのは、
おまわりさん。
「ちょっと、
きみたち。
なにを
してるんですか？」
おまわりさんに
にらまれ、
体育館《たいいくかん》のみんなは、
おとなしく
なりました。

「おまわりさんからも、きびしくいってやってください。

こいつら、わたしのしょうばいの、じゃまをするんですよ。」

おじさんはいいながら、さりげなく、
おまわりさんの手から、はこをとろうとしました。

「それ、わたしたらアカン！」

ボールが、さけびました。

「おや、どうしてかな？」

おまわりさんが、さっとはこを、頭《あたま》の上に持《も》ちあげます。

「そのはこの、よこに書《か》いてあるの、
読《よ》んでみてください。」

おまわりさんが、声《こえ》に出して読《よ》みます。

「ぜったいもうかる、ポポイのぽい。

金魚《きんぎょ》すくいの道具《どうぐ》に、はってある紙《かみ》は、

水に入れたしゅんかんにとけだします。

金魚《きんぎょ》は一ぴきもへらずに、まるもうけ。

【ちゅうい】

くれぐれも、バレないように、使《つか》ってください。

見つかったら、ひどい目にあうでしょう。

……なんですか、これは！」

おまわりさんが、こんどは、おじさんをにらみました。

「やっぱり、インチキやったんやな。
それで、だれもすくえんかったんや。」
かっぱおんせんのおばちゃんが、
口から火をはいていいます。
「すみません。いや、知《し》らなかったんですよ、
ほんとうに。知《し》らずに、使《つか》ってたんですよ。」
おじさんは、まだいいのがれをします。

「とにかくいちど、話《はなし》をききます。こっちへきてください。」

おじさんは、おまわりさんに、つれていかれました。

「ほんま、すくいようのない、おっちゃんや。」

とびばこがいうと、

「金魚《きんぎょ》すくいだけに。」

と、はねがわらいました。

「金魚《きんぎょ》はすくえんかったけど、そろそろ、ペットショップへいこうか。」

ラケットがいうと、バケツが首《くび》をふりました。

「いくのは、またこんどでいい。それよりはやく学校にもどって、金魚《きんぎょ》に会《あ》いたい。」

「えっ？　なんのこと。」

ラケットは、きょとんとしています。

「ああ、せやった、ごめん。まだみんなに、いうてなかった。」

ぞうきんが、とびばこの上にのって、体育館《たいいくかん》のみんなに話《はな》します。

もちろん、話《はなし》は、バケツがかっていた金魚《きんぎょ》のことです。

みんなしずかに、耳をかたむけます。

話《はなし》が終《お》わると、

「じゃあ、はやく学校へ帰《かえ》ろ。きっと金魚《きんぎょ》が、さみしがってる。」

なわとびがバケツを、トントンと、やさしくたたきました。

「そうそう、はやくはやく！」

ボールはもうさきへ、はねていきました。

学校へもどると、花だんのまえに、
しゃがんでいる大きなすがたがありました。
「あっ、家庭科室《かていかしつ》の、れいぞうこや！」
一輪車《いちりんしゃ》が、大きな声《こえ》でいいます。
「おーい！」
体育館《たいいくかん》のみんなが、手をふりました。
れいぞうこは立ちあがり、ふりかえると、
ぱかっとおなかをあけました。
「どこいってたんや。
そろそろこの金魚《きんぎょ》、なんとかして。」
こまってたみたい。

「ああっ、ぼくの金魚《きんぎょ》や。」

バケツはかけよると、

れいぞうこのなかにあった金魚《きんぎょ》を、やさしく手にとりました。

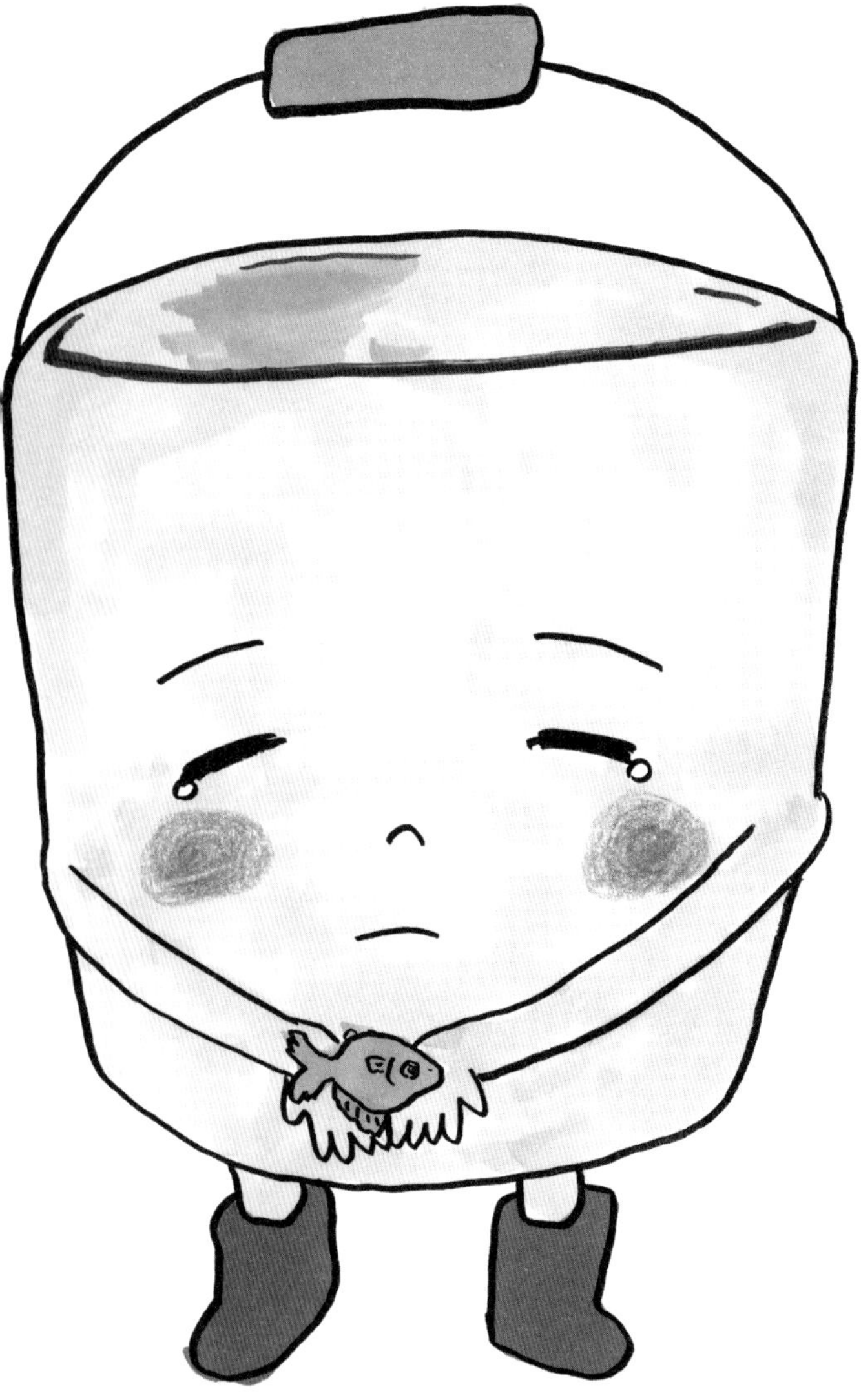

手のなかで、
金魚《きんぎょ》はしずかにねむっているように見えます。

「ほんまに、死《し》んでしまったんやな……。」

バケツの目から、ぽたり、なみだがおちました。

「ごめんな、金魚《きんぎょ》。」

バケツが、小さな声《こえ》であやまりました。

すると、ラケットがいいます。

「なんでやねん。バケツがあやまることないって。」

「ううん。」

バケツは首《くび》をふります。

「さっきの金魚《きんぎょ》たちを見て、
ぼくも、金魚《きんぎょ》に、わるいことしてたかもって、思《おも》った。」
「どうして？」
ちりとりが、バケツの顔《かお》をのぞきこみます。
「だって、たった一ぴきで、かってたし。
えさだって、ときどきあげるのわすれてた。」

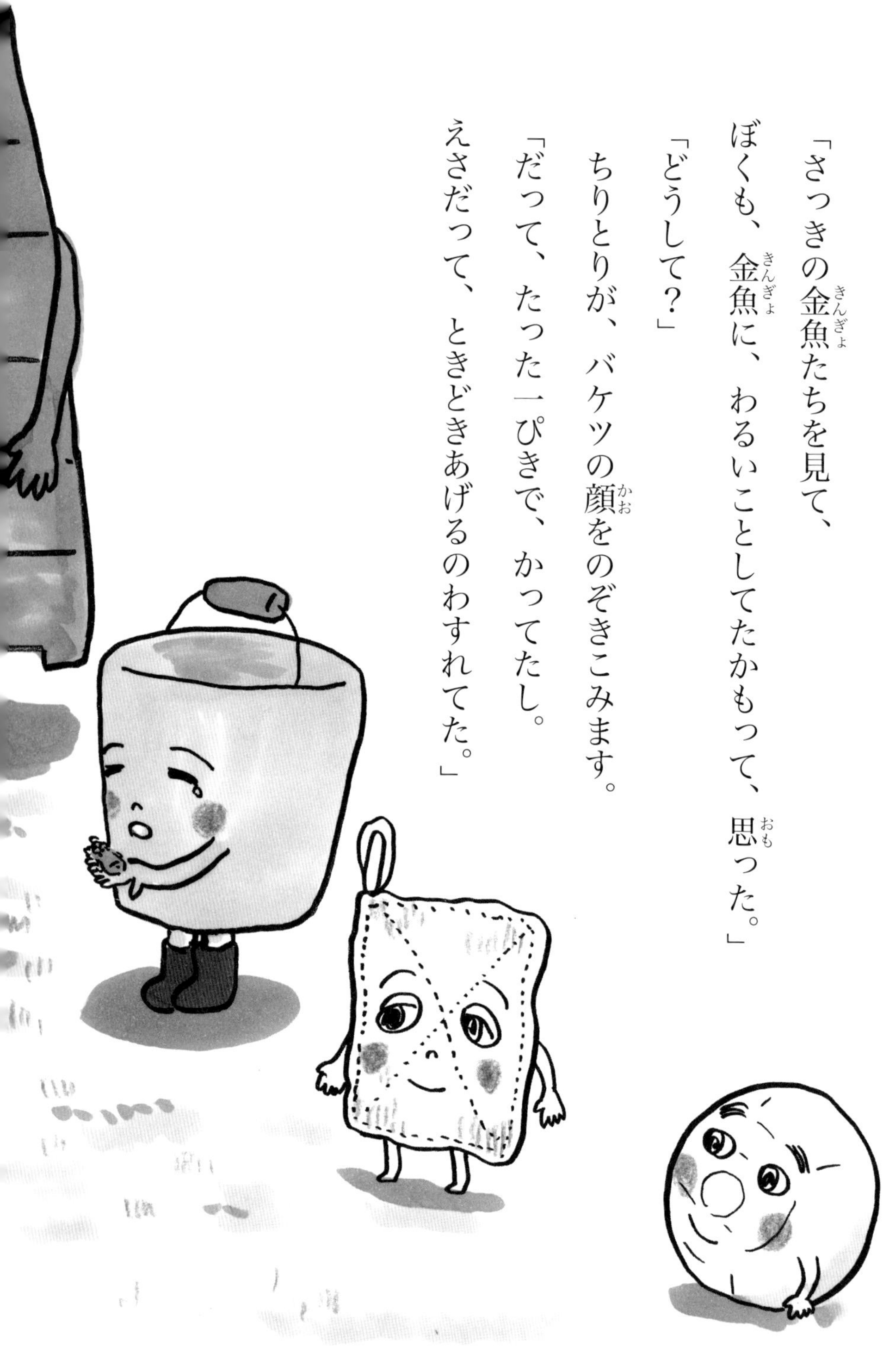

「わるいことばかりや、なかったやろ。」

とびばこの声《こえ》は、わたがしみたいにやわらかで、いいにおいです。

「毎日《まいにち》、みんな、声《こえ》をかけてたし。

子どもたちがいっぱい、金魚《きんぎょ》の絵《え》をかいてくれたやろ。」

とびばこの言葉《ことば》に、みんなうんうんうなずきました。

「いつもだれかが、そばにいてたな。」

ブラシが、目をうるうるさせています。


「だれかが、そばにいるって、いいことやと思《おも》う。」

ほうきもいいました。

「せやから、きっと金魚《きんぎょ》、バケツといっしょで、しあわせやったって。」

はねがいうと、一輪車《いちりんしゃ》もうなずきます。

「そうそう。金魚《きんぎょ》にとって、いちばんかなしいのは、バケツがそうやって、自分《じぶん》をわるくいうことや。」

「金魚《きんぎょ》のこと、いちばんわかってたんは、バケツなんやで。」

なわとびが、そっとバケツのせなかをなでました。

「じゃあ、ぼくたちも、そうなんかな。」

ボールがいいました。


「どういうこと？」

ラケットがききます。


「だからほら、いつもだれかが、そばにいるやろ。

ひとりひとりが、だいじなんやってこと。」

「そのわりに、けんかするやん。」
ぞうきんが、ちゃかします。

「けんかもだいじ。
だって、ひとりでは、けんかもでけへんで。」
とびばこが、にこにこしていいました。

それから、金魚《きんぎょ》を、花だんにうめると、
みんなで、手を合《あ》わせました。

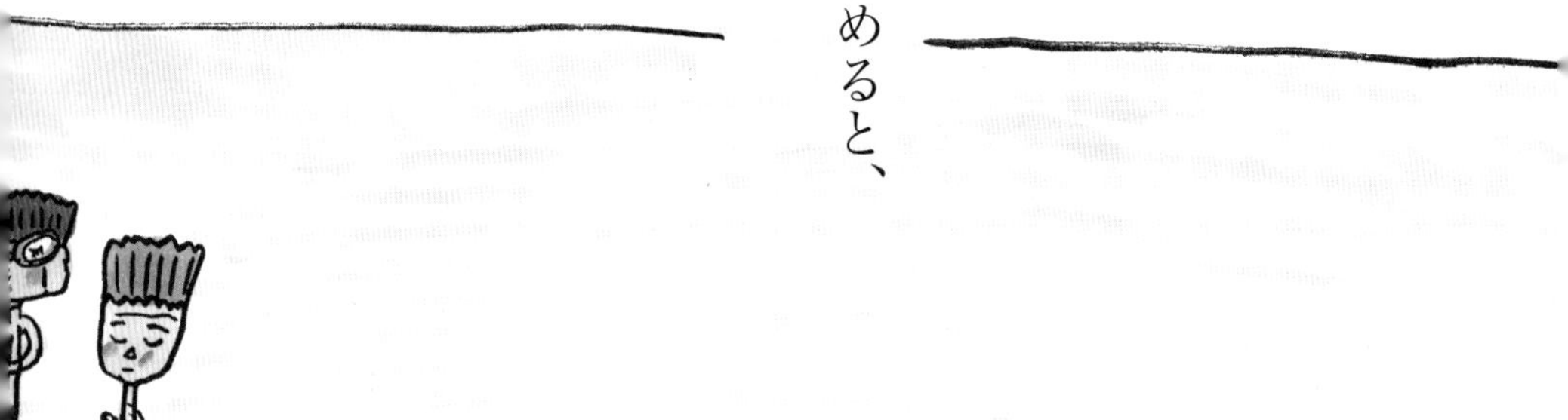

心《こころ》のなかで、
たくさん「ありがとう。」といいながら。

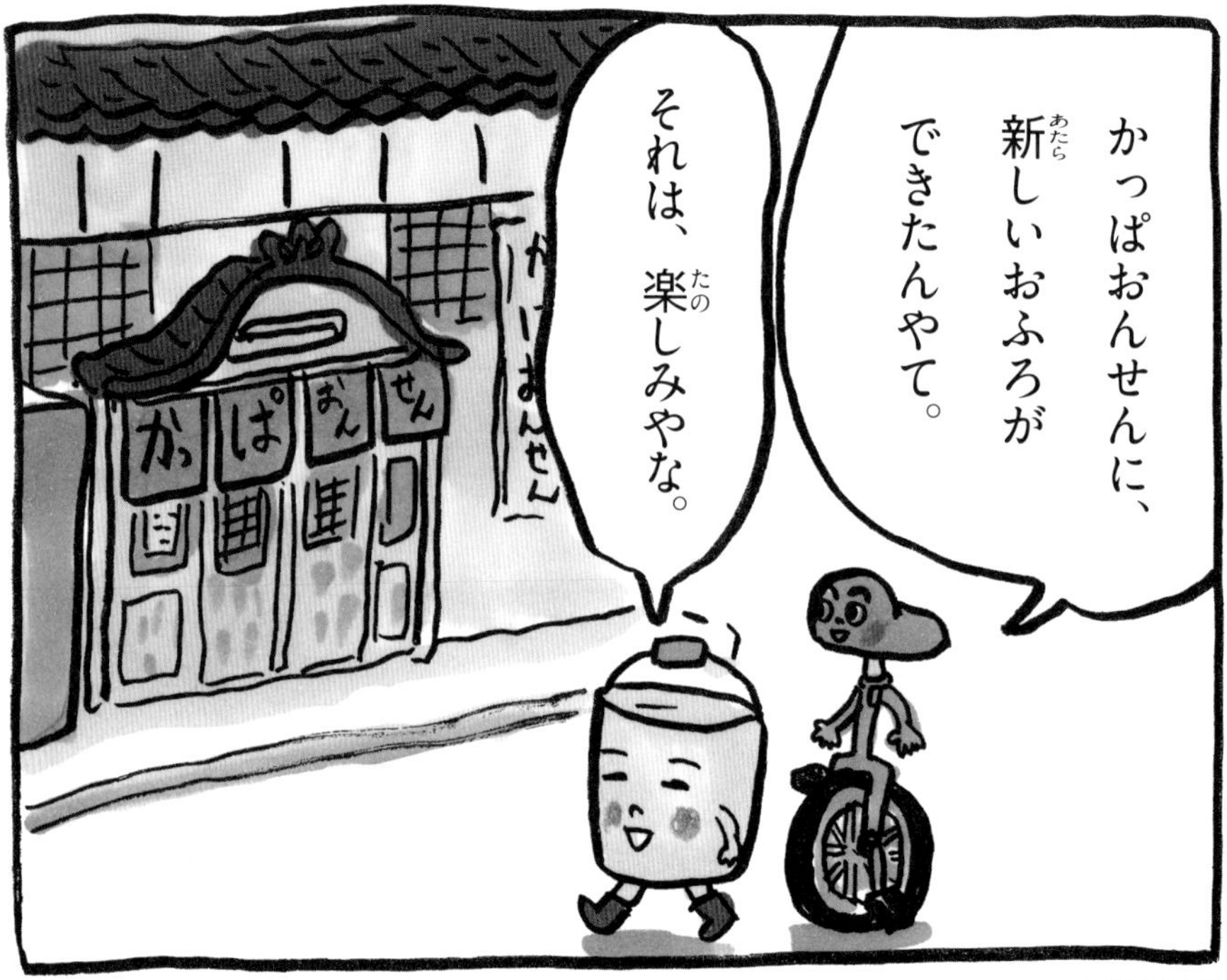
かっぱおんせんに、新《あたら》しいおふろができたんやて。
それは、楽《たの》しみやな。
かっぱおんせん

金魚《きんぎょ》の湯《ゆ》。すいそうの金魚《きんぎょ》見ながら、おふろにつかるんやて。
けど、見るだけでは、ものたりんな。

金魚《きんぎょ》といっしょには、入れんやろ。
なにか、いっしょに入れるおふろって、ないかな？
ほな、あっちや。
ワニの湯
いややぁ――！
もはや、魚《さかな》やないし！

村上しいこ●作

三重県生まれ。

『うたうとは小さないのちひろいあげ』で第53回野間児童文芸賞受賞。近著に『たべもののおはなし エビフライ にげたエビフライ』（さとうめぐみ絵）、『じてんしゃのほねやすみ』（長谷川義史絵）など。

「わたしはけっこうギャンブラー。お祭りの夜、あるゲームに、その夜使えるおこづかいをぜんぶつぎこんで、負けた。もちろん子どものころの話で、今はおこづかいは計画的に使ってますよ。」

ホームページ
http://shiiko222.web.fc2.com/

田中六大●絵

1980 年東京都生まれ。

近著に「えほん こどもにほんご学」シリーズ（1～5、安部朋世・宮川健郎文）、『たべもののおはなし おむすび うめちゃんとたらこちゃん』（もとしたいづみ作）など。

「ぼくが幼稚園のときにもらった金魚は10 年以上生きて、ものすごく大きくなりました。赤と白の２匹いて、赤いのはにんじん、白いのはだいこんという名前をつけていました。金魚って、うんちがとっても長いですよね。」

ホームページ
http://www.rokudait.com/

わくわくライブラリー
体育館《たいいくかん》の日曜日《にちようび》　ペットショップへいくまえに

2018年 5 月15日　第1刷発行
2018年12月19日　第2刷発行

作　村上《むらかみ》しいこ
絵　田中六大《たなかろくだい》
装丁　脇田明日香

発行者　渡瀬昌彦
発行所　株式会社 講談社
〒112-8001 東京都文京区音羽2-12-21
電話　編集 03-5395-3535
販売 03-5395-3625
業務 03-5395-3615
印刷所　株式会社精興社
製本所　島田製本株式会社

N.D.C.913 95p 22cm ISBN978-4-06-195795-4

『体育館の日曜日』のなかまたち

まんねん小学校の体育館《たいいくかん》は、
休みの日もにぎやかです。
お気《き》に入《い》りのキャラクターに、
○をつけてくださいね！